U0458177

# 五行无阻

余光中 著

上海三联书店

# 目 录

# 东飞记

你问我东飞天使城的滋味
在豪情与苦笑之间，我说
安可瑞吉的一站是惊喜
千簇的绝峰啊比峻比白
虚罩在了无牵挂的天穹下
滴溜滚圆的蓝玻璃盖子
盖着永不融化的雪糕
凛冽而壮丽，令人嘴馋
那样皎皓的雪景，若能
用一把小银匙挖几寸回去
可以消南台的一季长夏了
但高可游仙的机舱内

一坐十五个小时，非坐禅

一促两百双膝盖，非知己

从香港到阿拉斯加

还只是在孵卵，再向南飞

鼠蹊下面似乎在蒸蛋

到旧金山变成了煮蛋

到洛杉矶，哎，简直就是

翻来覆去，在煎双蛋黄了


　　　　——一九九一·六·二十一

# 洛城看剑记

——赠张错

洛城溶溶的月色里，昂藏那主人
口带南腔而貌若北相
文名播于海内，而武功
在海外传于西岸的江湖
只可惜侠而不饮，诗而不狂
无酒可醉也无灯堪挑
却有青霜与紫电，一夕伴我
看遍壁炉的周遭倚满了古剑
或双刃而削薄，或合刃而共鞘
或短锋而匕首，或厚背而弯刀
纵鲨鳞剥落，把柄锈蚀
亮刃之际仍铮铮仍钑钑

历劫而不灭古英雄的气概

烈士的肝胆，未随风沙而消磨

也不甘深鞘岁月的寂寞

沿着惊心的血漕，一寸接一寸

从旧小说第几章第几回

从国耻第几条第几款

从隐隐的低啸声中

把金属的刚烈，赤裸裸，抽出

那手势，似乎正抽出自己的病情

罪过或自谴，遗恨或自责

钢，不说谎，让恶梦曝光

幻觉是历史在握，令人扼腕

他顺势一挥，护手铿朗朗地震响

把虚空挑出个碗大的剑花

对幢幢或是冥冥的什么

也算是一种肃然致敬了

然后郑重地归剑入鞘

归队于炉边森森的武库

再取出双钩带戟，手杖藏剑

双铜带棱角，软鞭带锤炼

红缨的长矛带着风霜

直看到乌龙茶冷，壁钟无聊

主客才各自去就枕，一任


七彩烧陶的众罗汉

在架上坐卧都入定

小鹦鹉蹲栖在笼中

丹麦种的大黑犬

披一身棕影月色

耷耳蜷睡在池畔

圣璜山的这一边万籁俱寂

只留下我不安的耳朵

被祟于蠢蠢的刀魂剑魄

不知隐隐的铿锵究竟

是来自深鞘的挣扎呢还是

——梯顶主人的书斋

那些任侠而尚武的诗句？


——一九九一·七·三

# 初夏的一日

清风从海峡上吹来
带来海凉的水汽
当露台泠然向风
楼头轻快如船头
幻觉我就要飞起

好天气是神的好脾气
季节已逼近端午
还不肯就滂沱入梅
却向眼前的仙镜里
揭开海天的奇迹

青空虚临着碧海
一线把水平中分
吹尽了云雾和灰尘
让我自由的肺叶
飘扬成一只风筝

当红尘滚滚的毒氛
困住台北的围城
为何高速路的这头
初夏在肌肤上
滑溜溜好像初秋

一下午电话无话
凉鞋静对着竹椅
若远方的朋友问起
就说像一杯冰水
盛在剔透的玻璃

而入夜之后呢，月光
净化了天上，海上

连同满港的灯火

终夕都浮在空际

是旗津内外的船舶


——一九九一·六·二

# 木兰树下

洛城做客，殷勤的主人带我

步过南加大初夏的悠闲

一阵风来把行人牵引

到一座翠盖邃密的高树

仰面的主人深深一嗅

"这就是我讲的木兰了"他说

"整个校园，此树是我最眷眷

你早来半个月的话，赶上花期

这一带的林荫步道

该全像此刻的头顶

正回荡着异香的醺醺"

看他，仰慕的姿态像在仰祷
只为奇迹就开在树上
螺旋叠艳的皎白娇葩
错落簪在黛绿的秾发
洁癖患者膜拜的图腾
不供在波上，供在枝间
绽出这凌空的荷花，我说
"三年前的仲夏，该还记得
那时是你在西子湾做客
贪馋荷叶新煮的粥香
一清早沿着梦的边缘
冲着满湖的鸟声和雾气
只为跟高岛向无穷的翠碧
采一张荷盖罢了，一脚踏空
陷进了，喔，多肥的软泥"

"那晚的荷叶粥是一生最香"
他仰嗅着木兰花，笑说
"在高雄，该又是荷香满湖了"
花香是最难忘最难抵抗的

酽酽的花气，淡淡的叶香
一缕记忆把主客牵回
那年的仲夏之晨，直到
一层层围来田田的青翠
叶大似亭，茎高成柱
蔽天的浓荫将人缩成
隐约的雨蛙啊恍惚的蜻蜓

——一九九一·七·六

# 闻锡华失足

十年前登高的捷足，惊险无阻
怎么反而在平地失足？
难道是地藏偏心，台湾的坦途
竟然险过香港的山路？
记得那年攀越，你一猴当先
提着行军的水壶，蹿过
桃金娘和乱草的峻坡
直登八仙的第一峰，踏上了纯阳
向人寰一声长啸，小看了香港
但那是沙田时代了，一过中年
就不得不提防地心引力
用曲折和崎岖设好的暗算

这一回它阴谋未逞，下一回

还会在转角偷偷地等待

布下倾斜，陡峭，光滑或狭窄

只等你偶一失去了平衡

就推你，绊你个头重脚轻

耳顺原是平衡的象征

三十而立，怎么能六十而倒？

吉人靠天，却不能不防地

贵人已非高贵的野人

务防跌坏了名贵的瓷器

君乃我辈的健者，一餐四五根香蕉

义无反顾是领路的神猿

莫辜负一身夭矫的筋骨

损了沙田群彦的英名

还等你来日带我们攀登

不仅是八仙，是五岳


——一九九一·七·七

# 海是邻居

为什么老远一个人
要搬来南部定居呢
每一提起
台北的朋友就会有
怪我的语气

为了一个邻居，我说
为了他豪爽的性格
住在他的隔壁
一点也不觉得挤
他浩蓝的眼神只要
偶然一瞥

就忘了围困的市区

他最会无中生有了
变出许多条船来
还会趁你不留意
一条又一条
把舳舻都收了回去
全凭一根
水平线的玄虚

他会说水手的方言
唇音轻柔
喉音深厚
在一切港口都通行
最爱看起风的日子
他怎样跟岩石
激昂地辩论

他庞大的家族，锚说
都住在地下宫里

一层比一层

更深邃也更神秘

要戴上潜水镜才能

窥探他库藏的

啊，无尽珍奇


我不敢敲他的水门

更不敢进他的寝宫

怕他突然醒来

发起蓝色的脾气

趁此刻他睡着

把他的鼾声

惊人的肺活量啊


裁一截在限时信里

多么动听的单调

寄给北部

那几只可惜

听不见潮水的耳朵


———一九九一·八·二十四

# 雨霖铃

更夫不敲的长巷最清冷

漏壶不滴的雨夜最深沉

天是聋子吗，地是哑巴？

亘古的苦寂罩下来

一口镇寺的大铜钟

锈锢苔封那样的空洞

鬼神在四壁相顾无语

暗中只转动睽睽的眼瞳

如此的聊斋或是无聊斋

有谁啊来叩门救我呢，除非

是你的一串电话铃

曳着紧急的高频率

将我从七道符咒下

　蓦地叫醒


　　　——一九九一·九·七

# 纸　船

折一只俊秀的小纸船
放在时光茫茫的河上
轻轻地，莫惊着舱里的河客
水移船远，放下挥别的手臂
目送英勇的舷影起伏
祝小船此去安渡洪水
应该无畏怒涛与暗礁
无畏一切泽怪与江妖
该有一只手远在下游
满是好奇地将它拾起
问舱客上游是怎样的景色
玩倦了，又把它放回波上

看船头乘着时光如波光

渡口接着渡口，悠悠往下游

载我的使者向前航去


——一九九一·九·八

# 人　鱼

听说三十年前外系的那位
无情得有名的冰美人
谁都休想追赶得上的
就连二百米的冠军
听说那热门的冷美人
现在也老了，有人见她
提一只菜篮走过东门
就感到一阵野蛮的高兴

终于被更无情的岁月追上
而一追上，就不再放手了
暗暗地撒吧，轻轻地收

皱纹密密织成的渔网

传说中，永远永远

那不可企及不能近昵的

人鱼，终于也落了网


——一九九一·九

# 三生石

## 当渡船解缆

当渡船解缆
风笛催客
只等你前来相送
在茫茫的渡头
看我渐渐地离岸
水阔，天长
对我挥手

我会在对岸
苦苦守候

接你的下一班船

在荒荒的渡头

看你渐渐地靠岸

水尽，天回

对你招手


## 就像仲夏的夜里


就像仲夏的夜里

并排在枕上，语音转低

唤你不应，已经睡着

我也困了，一个翻身

便跟入了梦境

而留在梦外的这世界

　　分分，秒秒

　　答答，滴滴

都交给床头的小闹钟


一生也好比一夜

并排在枕上，语音转低
唤我不应，已经睡着
你也困了，一个翻身
便跟入了梦境
而留在梦外的这世界
　　春分，夏至
　　谷雨，清明
都交给坟头的大闹钟


## 找到那棵树

苏家的子瞻和子由，你说
来世仍然想结成兄弟
让我们来世仍旧做夫妻
那是有一天凌晨你醒来
惺忪之际喃喃的痴语
说你在昨晚恍惚的梦里
和我同靠在一棵树下
前后的事，一翻身都忘了

只记得树荫密得好深
而我对你说过一句话
"我会等你"在树荫下

树影在窗，鸟声未起
半昧不明的曙色里，我说
或许那就是我们的前世了
一过奈何桥就已忘记
至于细节，早就该依稀
此刻的我们，或许正是
那时痴妄相许的来生
你叹了一口气说
要找到那棵树就好了
　或许当时
遗落了什么在树根


红　烛

三十五年前有一对红烛

曾经照耀年轻的洞房

——且用这么古典的名字

　　追念厦门街那间斗室

迄今仍然并排地烧着

仍然相互眷顾地照着

照着我们的来路，去路

　　烛啊愈烧愈短

　　夜啊愈熬愈长

最后的一阵黑风吹过

哪一根会先熄呢，曳着白烟？

剩下另一根流着热泪

独自去抵抗四周的夜寒

最好是一口气同时吹熄

让两股轻烟绸缪成一股

同时化入夜色的空无

那自然是求之不得，我说

但谁啊又能够随心支配

无端的风势该如何吹？


——一九九一·九·二十二

# 附　录

本诗在《联合副刊》发表后四日，作家高阳亦在该刊赋诗以和，诗前并有小引，全文如下。

读（一九九一年）十二月十日联副光中兄《三生石》新诗四章，伉俪情深，一至于此，令人欢喜赞叹。忆昔曼殊上人曾以中土诗体译作拜伦情诗，因师其意作七绝四首，愧未能如原作之幽窅深远也。

水阔天长挥手时，
待君相送竟迟迟，
一朝缘征三生石，
如影随形总不离。

夜深语倦同寻梦，
梦外光阴任去留；
同穴双双天共老，
坟头大树阅春秋。

依稀梦影事难明，
独记君言"我待卿"，
此即同心前世约，
须知眼下是来生。

红烛同烧卅五年，
夜长烛短更缠绵，
可能风急双双熄，
同化轻烟入九天。

# 五行无阻

任你，死亡啊，谪我到至荒至远
到海豹的岛上或企鹅的岸边
到麦田或蔗田或纯粹的黑田
到梦与回忆的尽头，时间以外
当分针的剑影都放弃了追踪
任你，死亡啊，贬我到极暗极空
到树根的隐私虫蚁的仓库
　也不能阻拦我
回到正午，回到太阳的光中
或者我竟然就土遁回来
当春耕翻破第一块冻土
　你不能阻拦我

从犁尖和大地的亲吻中跃出

或者我竟然就金遁回来

当鹤嘴啄开第一块矿石

　你不能阻拦我

从刚毅对顽强的火花中降世

或者我竟然就木遁回来

当锯齿咬出第一口树浆

　你不能阻拦我

从齿缝和枝柯的激辩中迸长

或者我竟然就火遁回来

当霹雳搣下第一闪金叉

　你不能阻拦我

从惊雷和迅电的宣誓中胎化

或者我竟然就水遁回来

当高潮激起第一丛碎浪

　你不能阻拦我

从海啸和石壁的对决中破羊

即使你五路都设下了寨

金木水火土都闭上了关

城上插满你黑色的战旗

也阻拦不了我突破旗阵

那便是我披发飞行的风遁

风里有一首歌颂我的新生

    颂金德之坚贞

    颂木德之纷繁

    颂水德之温婉

    颂火德之刚烈

    颂土德之浑然

唱新生的颂歌，风声正洪

你不能阻我，死亡啊，你岂能阻我

回到光中，回到壮丽的光中


　　　　——一九九一·九·二十五

# 西子湾的黄昏

几只货柜船出港去追赶落日
在快要追上的一刻
——甲板都几乎起火了
却让那大火球水遁而去
着魔的船只一分神，一艘
接一艘都出了水平界外
只剩下半截晚霞斜曳着黄昏
直到昏多于黄，泄漏出星光
夐辽的冷辉壁照着天穹
似乎在探索落日的下落
而无论星光怎样地猜疑
或是涛声怎样地惋惜

落日是喊不回魂的了
这原是一切故事的结局，海说
朝西的窗子似乎都同意
只有不甘放弃的白堤
仍擎着一盏小灯塔，终夜
向远方伸出长臂


——一九九一·九·二十八

# 母与子

小时候，在多风的甲板上
母亲指着东方对我说
风浪的那一头就是台湾
太阳，而不是太阳旗，每天
就从美丽的岛上升起
那时我才十岁，抗战的孩子
太阳旗阴影下的一个小难民
而今是我在岛上，半世纪后
在风浪的这一头回过头去
在一座红砖的楼上，朝西
每个黄昏目送着落日
用霞火烧艳了我的童年

厦门和鼓浪屿，德化和永春

就在那一片晚云的下面吗？

楼下这海峡一蓝无尽

是用美丽的岛屿命名

却连接两片更广的水域

浩荡汇入南海与东海

就以大陆的大名为名

——南中国海和东中国海

这岛屿，原是依恋的婴孩

浸在母体包容的洋水

怎忍用一把无情的蓝刀

切断母体输血的脐带

切断从前风浪过海峡

和母亲一起东望的童年。


——一九九一·十二·二十五


后记：

一九三八年，抗战次年，母亲带我从上海

乘船南下，过台湾海峡，经香港、安南、

云南、贵州，去四川会合父亲。东海与南海在国际上叫作 East China Sea 与 South China Sea，正好合抱住台湾。台湾浸在中国海里，正如胎儿浸在母体的羊水里。洋水，既为海水，亦谐羊水。

# 玉山七颂

## 至　尊

三九五二，是你高贵的身材
白首天际是山族的至尊
一切仰望和指点的焦点
最早的金曛，最后的赤霞
唯你峥峥的绝顶独戴
黑熊和石虎岂敢高攀
耐寒的圆柏都已放弃
更不提英勇的冷杉，铁杉
春天和夏天再爬也难上
你肃静的陡斜，只让雪花

轻轻飞旋着六角伞

净白耀眼的空降部队

一夕自天而下


## 青　睐

天蓝得如此无奈地酷烈

远处的雪峰都为之低首了

而愈近高夐的穹顶

那蓝色愈是慑人

谁敢目不转睛地逼视

而不受永恒暗伤呢？

至少我不敢，这纯然之蓝

是蓝给玉山的诸峰看的

原就无心启示给凡眼

何况是久已习于红尘

于是一排树剪过影来

为我遮一遮天之青睐

## 白木林

岛上最崇高的原住民
排成这神秘的行列
是何时登山的呢，怎么
不见了须发和背囊？
究竟遭受了怎样的山难？
怎样的火遣，哪一次电殛？
是谁呢将魔咒一施，你们
就这么僵冻在半空
撑着株丫难解的手势
见证着风势，指点着洪荒
以无顶的蓝顶为屋顶
一组最前卫的雕塑


## 云之午梦

云是山午后的幻想
从潜意识的低壑

无中生有地升起

无论是近山的黝黑

或是远山的苍黛

午前还俨然肃穆的古貌

苦思着地质学深奥的问题

此刻忽然都飘飘浮起

那样沉郁的新康山

被它只轻轻地一托

怎么竟已升到了半空？

群岛和列屿都纷纷

仰泳在自己的午梦


## 石之午梦

四围的峭壁锁住，静似上古

若非浅濑潺潺地泻过

这满滩午寐的石头

岂不要睡过了头吗？

聪明的溪水我并不羡慕

行程匆匆会催它出谷
也将催我明日出山去
倒是羡慕石头的午梦
如此沉酣，又如此从容
更有流水的枕歌淙淙
即使醒来，还可以继续
思考山有多深，谷有多长
鸟声是有心呢还是无意
一下午的水声已到海否
——诸如此类问题


## 拉库拉库溪

深山的秘密只有流水知道
也只有流水会泄漏
流水的身世只有深山记得
从涓滴泠泠到急湍滔滔
只有沿途的峻峭清楚
只有终古无语的岩石

才会纵容无拘的涧水

一路唱着起伏的牧歌

应大海的号召跳跃而去

拉库拉库溪，永不回头的浪子

只有中央山脉的众老

在天际围坐讲古，才能够追述

上游你清澈的童年


## 回　声

站在麟芷山腰的看台

向玉山发一声长啸

却撞在南峰层叠的页岩

亿万年，黤黤的肃静之上

单薄的肺活量不自量力

微弱的呐喊，变成自嘲

在高亢的空间被退了回来

曳着似真似幻的反响

像有蠢蠢的山魈木魅

在岩洞和森林的深处学我

原就不该唐突的天问


——一九九二·六·二十九

# 小毛驴

　　——兼赠文飞

你说，锅铲刮锅底和驴子叫
是世上最最难听的声音
别这么说吧，我笑道
锅铲我管不着，可是驴子
那样嘶叫，一定有他的隐情
衬着北方多空旷的风景
一切牲口里我最爱驴子
你仔细看他温柔的眼睛
有什么比那更忧郁，更寂寞
如果北方是一座大磨，他的一生
就绕着磨子，拖不完地拖
不是歇在颤风的白杨树下

默默地守住他主人，就是

拂着高柳在车道旁慢蹀

冒着尘土，跟在全世界的背后

竖着长耳，举着细蹄，望着

无始无终，直到天涯的远路

——那侧影，瘦褐而涩苦

需要棱角峥峥的木刻

而非黄胄倩巧的水彩

才能匹配北地的村民

用深邃的额纹和更深的眼色

迎向肃杀的霜雪，千古的风沙

正说着，又传来长城下

载货路过的一声驴鸣


——一九九二·九·二十六

# 登长城

——慕田峪段

东尽沧海，西走天涯

迢迢两千多公里的边愁啊难道

就凭这无情的花岗石砖

长方形的乡心沉沉甸甸

一块又一块接了又叠

这么斜而又陡地砌起来么？

砌城的手啊，多茧的，早已放手

守城的眼呢，少寐的，也已瞑目

不知道当年戍卒的朝朝，暮暮

是逆风北眺狼烟的边警？

是回首南顾梦里的闺情？

只知道再长的城墙，再厚的砖

挡得住胡马挡不住流年

不再是边关远寨了，不再

是盔甲对抗弩箭的战争

纵雉堞严整，那许多前朝旧代

两千年的患得患失，统统

从垛口的缺口无奈地流去

只留下了你，烽火寂寂，戍楼空空

仍蟠在万山的脊上，一条

飞不走游不去的古龙

一面其长无比的巨碑，见证

我祖先的忧患和辛苦，多少血泪

纪念那许多守将与边卒

倚也倚不断千里的栏杆

磨也磨不穿顽固的狱壁

只留下这一条拉链的神奇

从战国的那头锁到现今


"买一件纪念品吧"那小贩

蹲在墙角招呼着游客

招呼白发登城的我

"不用了"我应他以苦笑

凭历劫不磨的石砖起誓

我不是匆匆的游客，是归魂

正沿着高低回转的山势

归来寻我的命之脉，梦之根

只为四十年，不，三千里的离恨

比屈原更远，苏武更长

这一块一块专疗的古方

只一帖便愈


——一九九二·九·二十六

# 访故宫

若把脚后跟提得够高
一尺半的门槛
从光绪到乾隆
只一跨，就进入大内了
至于永乐年间
则还在汉白玉雕龙的
三台丹墀的上面

我是从神武门，也就是
北边的后门进宫的
除了收票员问我
"你不是外宾吗？"

竟不见一名羽林军
或是解放军同志
来盘问或喝止

也幸好宫深，人众
一直到太和殿的广场
除了那尊蓬鬣的铜狮
显然不高兴之外
长鹤与寿龟
在我的摄影机逼视下
都装得若无其事

那许多镏金的大铜缸
四下里打量
只要有一口可藏
等北京陷进了夜色
那边的交泰殿里
空了的铜壶，你听
就开始寂寞的滴漏

而摆了几百年的架子

所有守宫的兽像

都蠢蠢欠起伸来

在像座上笑谈起前代

许多讹传的野史

直到储秀宫深处传来

慈禧的一声咳嗽


把所有的飞凤，蟠龙

都吓了一大跳

所有的龟鹤和太监

肃静中，听更远处

沿着运河

正隐隐地撼动

八国联军的炮声


——一九九二·九·二十八

# 风筝怨

无论是深秋的泰晤士河堤
或是戒严的北爱尔兰街上
无论是苏格兰高寒的古堡
或是半浸在翡翠的暖洋
听里约热内卢慵懒地哼着
葡萄牙的音调，一首浪歌
游兴的另一端总是系在
脉脉睇过来，你的眼神
只因有你在地上牵线
才能放我到天外飘浮
这样的一念相牵，鸟所不见
是传音入密的越洋电话

无须那样地形而下，劳动

十孔转盘或十粒按钮

沿着袅长的北纬或东经

彼端的一提一引，即便是最轻

都会传到脆薄的游魂

云上孤飞的冷梦，何时醒呢？

风太劲了，这颗绷紧的心

正在倒数着归期，只等

你在千里外地收线，一寸一分


——一九九二·十二·十

# 周年祭

——在父亲灵前

难忘去年的今日
是一炉炼火的壮烈
用千条赤焰的迅猛
玉石俱焚
把你烧一个干净

净了，腐败的肌肤
净了，劳碌的筋骨
净了，切磋的关节
净了，周身的痛楚
把你烧一个干净

捡骨师把百骸四肢
从炽热的劫灰里
捡进了大理石坛
轻一点吧，我说
不忍看白骨脆散

就只剩这一撮了吗？
光绪的童稚
辛亥的激情
抗战的艰苦
怎么都化了灰烬？

正如三十年前
也曾将母亲的病骨
付给了一炉熊熊
但愿在火中同化的
能够相聚在火中

愿钵中的薄钱纷纷
飞得到你的冥城

愿风中的缕香细细
接得通你的亡魂
只因供案上的遗像

犹是你栩栩的眸光


——一九九三·一·十八

# 圣奥黛丽颂

——吊奥黛丽·赫本

大眼汪汪，纤弱的小女孩

蜷在贵族母亲的胸怀

嚼着莴苣，咽着纳粹的长夜

从阴暗的地下室里

怎么一上来就踏进了

聚光灯，镁光灯睽睽的焦点

伶俏的短发斜斜垂下

覆在六十年代的额前

轻轻一座奥斯卡，炫着金辉

瘦臂都似乎承受不起

沉重的非洲却抱在你怀里

癌细胞和千万稚口的嗷嗷

都迫不及待，你的抉择
是那些没有童话的黑童
抚慰着他们如你所亲生
从衣索匹亚到索马利亚
将军与政客都不屑一顾的
你全都认领，连病带苍蝇
——认领饿空的眼眶，大而失神
比你年轻时睁得更大
削细的胫骨支撑着头颅
比你的清癯更加细小
你抱着他们在旱田和荒漠
与内战，瘟疫，死亡在拔河
而一顿晚餐餍饱之后
剩下了半桌珍馐与甜点
全世界都坐在电视机前
打嗝，剔牙，微带些惊讶地看着
病重了，垂危了，你，的暮年

公主已老去，窈窕不存
圣奥黛丽啊，让一切聚光灯

去荣耀玛丹娜之乳，梦露之唇

你顶上自有皎皎的轮光，照着

怀古的观众，伤今的信徒

你的心肠太软，太宽了，死亡

遂乘虚而入，将你劫掳

且在我们回肠的深处

一端牵着你华年的惊艳

一端曳着你暮年的慈悲

狠狠，打一个死结

——一九九三·一·二十三

# 嘉陵江水

——遥寄晓莹

从深邃的内陆一张俊美的邮票
飞过海峡，降落在我的掌心
带来这一张重庆的夜景
细笔娟娟在反面附注
"这是嘉陵江最后的辉煌"
寄信人是一位多情的读者，怜我
四十多年前像她的年纪
上坡又下坡，也曾攀过那山城
鹧鸪声中，也曾经吞吐
满城冷白的晓雾。　你看
这熟悉却又陌生的半岛
西天犹未退橘色的晚烧

远近的街灯却已烘亮

高高低低，多灿丽的一盘玛瑙

哪一盏灯下是我的旧日呢？

漾漾倒映着岸上的繁华

一水依依从遥远的山下

宛若从我的梦深处流来

那上游的河镇，悦来场呢？

还绻靠在江声的怀抱里吗？

半世纪前浩荡的江声

多深沉的喉音一直到枕

午夜摇我入睡，清晨唤我起身

想早已后浪推着前浪

波光翻滚着时光，滔滔入海了

但更高的上游遥自秦岭

穿过武侯扶病的北征

一缕不灭的汉魂，千古遗恨

穿过李白的秦关与蜀栈，穿过

吴道子淋漓的墨香，穿过

陆游的蹄声踢踏，急流险滩

不舍昼夜滚滚地南来

最后是穿过抗战的岁月

凄厉的警报与轰炸声中

淘尽我入川八载的少年

更与长江合浪，匆匆地送我

逐老杜与髯苏的舵影出峡

只留下江雾如梦，巫峰似锁

童真的记忆深锁在山国

而今远坐在面海的窗口

海峡风劲，我独自在这头

对着山城夜景的恍惚

暖灯繁丽托一盘玛瑙

看图右那半岛，正当牛角尖上

那殷勤的寄信人，她又说

是朝天门水天挥别的渡口

一切樯橹都从此东去

疑真疑幻向灯下回顾

老花眼镜我扶了又扶

似乎有一道斜长的坡梯

古旧的石级一级落一级

落向茫茫的江水，白接天涯

一个抗战的少年，圆颅乌发

就那样走下了码头，走上甲板

走向下江，走向海外，走向

年年西望的壮年啊中年啊暮年


　　——一九九三·二·七

# 桐油灯

记得在河的上游
也就是路的起点
有一个地方叫从前
有一盏桐油灯亮着
灯下有一个孩子
咿唔念他的古文
如果我一路走回去
回到流浪的起点
就会在古屋的窗外
窥见那夜读的小孩
独自在桐油灯下
吟哦韩愈或李白

在未有电视的年代
如果在户外的风中
在风吹草动的夜里
在星光长芒的下面
我敲窗叫他出来
去阅历山外的江海
不知吃惊的稚脸
会不会听出那呼唤
是发自神秘的未来？
当黑发乍对着白头
七分风霜如流犯
三分自许若先知
会不会认出是我？
如果我向他警告
外面的世界有多糟
下游的河水多混浊
他能否点头领悟？
他的时间还未到
又何必唐突天机
打断他无忧的夜读

何况谁又能拦阻

他永远不下山来

于是我重寻出路

暂且（或者是永恒？）

留他在夜色的深处

在河之源，路之初

去独守那一盏

渐成神话的桐油灯


——一九九三·二·十二

# 撑竿跳

一路向高架门剧奔而来
挺着那件怪长的武器
忽然向浑茫的大地
那样精确而果决
选择最要害的一点
奋勇一刺
乘敌人来不及呼痛
已经用那把无弦之弓
自我激射向半空


多么矛盾的敌我关系
要挣脱后土的囚禁

一面飞腾

一面却靠坚实的大地

将他托起


三秒钟凌空的自由

他倒走在云上

踢开挡路的天风

推开刚用过的武器

却听见过路的燕子说

好奇怪啊，为什么

飞翔还要靠一根拐杖？

而且刚起飞呢

怎么就急着要下降？


  ——一九九三·二·十六

# 抱　孙

十磅之轻，仰枕在我的臂弯
两尺之短，蜷靠在我的胸膛
不待轮回，已恍然隔世
三十五年前，在那岛上
也曾经如此抱着，摇着
另一个孩子，你的母亲
只换了，窗外，是纽约的雪景
却幻觉，怀里，是从前的稚婴
同样是乳臭咻咻，乳齿未萌
浑然的天真尚未揭晓
专注的眼神不眨也不移
这么出神地将我打量

清澈澈一双黑水晶体

纯粹的稚气一时还不懂

用笑容来回应我的笑容

就这么惊异地隔代相望

你仰望着历史，看沧桑

已接近封底，掀到了六十五页

几时，你才会从头读起呢？

当你长大，从母亲的口里

会听到其中的几章，几节？

我俯窥着未来，看谜面

天机未动，故事正等待破题

一对小巧的瞳人，滴溜圆滚

幻象和倒影所由孪生

要转向怎样的廿一世纪？

你太小了，还不算是预言

我太老了，快变成了典故

世故的尽头如何接通

天真的起点呢，刚刚满月

除非是贴身将你抱住

最最原始，用体温，用触觉

用上游的血喊下游的血

宛如从前，在岛城的古屋

一巷蝉声，半窗树影

就这么抱着，摇着

　　　　摇着，抱着

另一个初胎的婴孩，你母亲


——一九九三·四·十八

# 海外看电视

在那拥挤的岛城里
就像在一只小锅底
名人或是新闻
一炒便热
再炒便焦
火气那么大只为了
争一个小灶
即使隔海
也呛得人一脸烟
仿佛心跳
还留在锅里煎熬
被层出不穷的
一场又一场恶梦

炒了又炒

而这一切魔境
即使太平洋之阔
再加换日线之长
也不能摆脱
只因为既不愿炒人
也不甘被人炒
却不得不回锅

回到火爆的小油锅
重新又投入
两千万颗的莫奈何
让一把神秘的黑铲
一下子挑拨
一下子搅和
一边炒成了焦土

一边半生不熟

——一九九三·六·四于加拿大

# 凭我一哭

——岂能为屈原招魂？

为何在末日的前夕啊，偏偏，你坚决
要独力阻挡崩溃的岁月？
直到你飞扬的衣袖变成
起伏的狂涛，你的乱发
变成逆流惊啸的水草
终于你发现自己顽抗的
用绝望的手势妄想抵挡的
不是岁月，是整条江河
你顶撞高潮，推得太猛了
把整条汨罗的来势汹汹
竟举过你高傲的额顶

举过你孤高不屈的额顶
在忧愤纵横的额纹上
裹一条水殇的白头巾
把一个凄漓的情意结
年去年来结成了五月

不甘的英灵啊，今年的五月
该去怎样的逆流滔滔
怎样呼啸的漩涡里寻找
寻找你呢？　当三峡危倾
洞庭萎缩，长江混沌
不洁的泽国何处可容身？
当一只冰凉的粽子
把端午的喉头哽住
就凭我，以宋玉之哭
真能够盖过举国之笑
为你的离骚一路招魂？

——一九九三·六·十六

# 读唇术

大吊灯还勉强维持着场面
气氛已显得有点阑珊
观众不安，有人在看表
台上的要角雄辩犹滔滔
　　呃喝呃喝呃喝
流利的修辞，俨然的睥睨
继续蹂躏一排又一排
疲惫的耳鼓，干涩的眼睛
我的廉价座偏远又靠边
愈加担心那虚张的声势
那些假面当真的表情
直到空厅回荡的语音

呃喝呃喝呃喝
徒然哓哓，不再有任何意义
暗中乃举起观剧镜
把焦点调整，眯起眼睛

从一张油脸到另一张彩面
默读台上掀动的嘴唇
忽开忽合，而讶然顿悟
那一切慷慨激昂，仰天发誓
呃喝呃喝呃喝
并非出自嘈嘈的口齿
而是深垂的红绒幕后
另有一张嘴，谁啊，在提词

——一九九三·六·二十一

# 一片弹壳

那年的烈夏，有谁还记得

就是你这颗头颅

跟那座刚强的孤岛

怎样将对阵的重炮

轮番的轰打给顶住

今夏，热烈的只剩老太阳

那场炮火早散了余烬

除却这一片薄金属

弹道学一件例证

考古学一截样品

锁在你旧伤的深处

终于，焚化炉将你吐出

——过了火涤之门

再难分是劫灰，是炮灰

诵经声中，高僧肃然

将一粒舍利子郑重捡出

但是我，远在南部

却听见一声金属的厉啸

越过岛上千般的争吵

越过众口不休的嘈嘈

从那堆火烫的灰里

一截复活的弹身


三十五年后回头喊魂

对着古战场的方位

只为它永忘不了

在历史呼痛的高潮

一片弹壳撞开一颗脑壳

是多亮的烛光啊多响的分贝


——一九九三·七·十一

附记：

一位老将今夏去世，火化之后，在后脑捡出一小截弹片。那是三十五年前，也是夏天，金门炮战的见证，一直留在他身上，不曾取出。虽是小小的一片，其意义当重于千百舍利子。

# 私　语

静寂的后半夜，忽然我醒来
发现另一边的枕上
她的鼾息并不很匀称
头顶却传来私语窃窃
很轻，很近，有两个人

"奇怪，是谁呢，这一对夫妻
睡在好像是我们的床上
他的头上已盖了雪
她的发际正落着霜
似乎睡得很熟呢，还打着鼾

为什么看来都有点面善？

皱纹已经阡陌着沧桑

一位虾蜷，一位蛙匍

怎么睡姿跟我们也相像？

总不会，是预言的幻景

一瞥四十年后的我们吧？

为何不摇醒睡者来一问

问四十年间有什么发生？

这世界，可曾变好了一点？

可曾登上了月球，可曾

避免了第三次世界战争？

还要逃亡吗，为了天灾或革命？

岛屿跟大地的争吵是谁赢？

你别乱来了，瞧他们已够累

九十年代显然不轻松

是什么危机感啊在压着薄梦

不安的记忆下枕着隐忧

让他们多睡一会吧，不要

冒冒失失把未来惊醒

今晚至少还不用担心

可是他们的，不，我们的孩子呢

有几个了，该不小了吧

你问得太多了，瞧你，还没有怀孕

我敢说那边的相框子里

就是他们的，噢，我们的女儿

眉目真的有我们的神情

——嘘，别把孩子们也吵醒

还不曾向你的深处投胎呢

一个个尚未取名的婴孩

要是我老了，像她那样

眼角摆着鱼尾，发上带着风霜

你还会抱我吗？像新婚的今晚？

——嘘，他们在翻身了

天快亮了，梦也快做完"


侵床的曙色里，我起身小便

一抬头就跟

墙头那张结婚照

猝然打一个照面


——一九九三·七·二十二

# 未　来

在世纪将尽的倒数声中
不信还会有什么惊喜
无非是愈紧愈密
一连串逼人而至的限期
而在不安的猜测里
纵使能蹑到大谜的背后
我岂敢贸然探手
仰面拍他高阻的肩头
承受他回身一瞥
　　唯先知能解
　　而烈士敢接
那样慑魄的，哦，眼神

———一九九三·七·二十六

# 缪　思

绝非另有企图的政客
也非见异思迁的浪子
绝非海誓无边的口惠
更非不举或不坚的无能
轻易赢得了你粲齿一笑
或者更有幸，凭一线天机
能亲眼惊艳完美的裸裎
不，轻狂与急躁都不可能
除非是甘愿长为你独身
纵使桂枝桂叶被攀尽
也赶不走这白发情人

——一九九三·七·二十八

# 火金姑

为什么，自从火金姑去后
再没有她的消息了呢？
多想某一个夏夜能够
一口气吹熄这港城
所有的交通灯，霓虹灯，街灯
那千盏万盏刺眼的纷繁
只为了换回火金姑
点着她神秘的小灯笼
从童话的源头，唐诗的韵尾
从树根，从草丛的深处
寻寻觅觅，飘飘忽忽
一路飞来，接我回家去

回到电视机以前，电话线以外

回到烛台婷婷的身边

那脉脉的白烛，有心又有情

回到母亲的蒲扇旁，让她轻轻

扇着一盘蚊烟的袅袅

夜气的凉凉，虫声的唧唧

扇着一首催梦的民谣

唇音低回，鼻音温婉

扇着我幼稚的七岁或八岁

扇着满天的星辉

像一树丰收的银杏果

灿烂和灿烂相摩，摇摇欲坠


——一九九四·一·一


附注：

闽南语称萤火虫为火金姑。这名字，跟金
急雨一样美丽动人。以后当再写一首"金
急雨"。

# 在多风的夜晚

在多风的夜晚
有一扇窗子
还没有关闭
是谁的耳朵呢
还不关闭

在多风的夜晚
有一盏星子
还没有休息
是谁的眼睛呢
还不休息

在多风的夜晚

有一面旗子

还没有收起

是谁的灵魂呢

还不收起


我向天边

吹熄了星子

收下旗子

关上窗子

却仍然发现


有一扇耳朵

还没有关闭

谁的窗子

在多风的夜晚

不能关闭


有一盏眼睛

还没有休息

谁的星子

在多风的夜晚

不能休息


有一面灵魂

还没有收起

谁的旗子

在多风的夜晚

不能收起


——一九九四·一·二

# 裁梦刀

为什么只消娴娴一挥手

　　无中生有

便召来无止无尽的长飙？

一侧身你就从风口切入

沿着欧几里德

也追踪不上的快弧

几度扭腰与回脸

探入这大迷镜的深处

——多么辽阔的冰原啊

在你的面前愈退愈远

而除了飘发的长风

吹自一个透明的空洞

就单凭这一片裁梦刀

这八寸耕冰的脆薄

向永犁不开的冻土，究竟

要收割几遍乍发的掌声？

坚冰清野展在你脚下

是流畅的坦途也是陷阱

能将你抬举也能推翻

在胜利的顶端随你旋转

你旋几旋挪威就转几转

极圈绕腰绕成你短裙

但不能保证，当你再降落

茫茫的冰乡哪一寸是安全

北极之空也不愿收容

孤注一踏失足的脚尖

飞，是飞不出去的了

于是你寻路回头，沿着

平面几何婉转的曲线，顺着

奥芬巴哈旋律的牵引，推开

魔困的空门，一层更一层

及时回到了人间，看你

惊喘未定的掌爆声中
从收翼成梦的臂弯内
举头苏醒

——一九九四·二·二十一

# 同　臭

在一间拥挤的密室里
空气本来就难呼吸
有人却偷放个新屁
害得无人不掩鼻
包括屁主他自己
不幸谁都脱不了嫌疑
幸好查来又查去
谁也抓不到凭据

——一九九四·三·九

# 残　荷

——题杨征摄影

半盘的雨珠，滚过

满盖的月色，托过

纤纤的蜻蜓，栖过

咯咯的蛙族，藏过

田田摇翠的浑圆

曾经在风里翻掀

掀起仲夏的封面

一页一页的阔边

交叠的绿荫为何

竟已掀到了封底

只剩下这一池空寂

纵枯茎举臂，残叶握掌

怎能挽回六月的盛况

——水镜开奁

　　倒影照艳

粲然，那许多红妆

　　　——一九九四·三

# 白孔雀

——观杨丽萍舞

以为在世纪末紧迫的绝望之中

美，已经从无奈的指缝

从合污的岛国永远失踪

随着珍禽罕兽的爪痕

随着藐姑射的传统，随着

最后一滴清澈的冰水

头也不回，告别了雪峰

只剩下无助的我们

按时纳税，填表，选骗子或流氓

七点看荒谬，八点看荒唐

惯于玛丹娜的挑逗，麦当劳的喂养

直到从古滇国的内陆

点苍山下，洱海岸边

一头白孔雀的翩翩

降临在灯光，目光的焦点

纤柔的手指不知向何处

捻来了尊贵的后冠，流眄顾盼

催眠的小乘乐顺着长臂的波澜

细腰的旋涡，从喙到尾

宛转着傣舞的迷蛊，白尼的妩媚

眼神闪亮洱海的波光

肤色照暖大理的石纹

她牵起一整幅雪崩的纱裙

抖动睒睒一百只眼睛

在加速的高潮忽然扬开

多绚丽的雀屏啊，扬，丽，屏


——一九九四·三·十二

# 老 来

老来任海峡无情的劲风

欺凌一头寥落的白发

独对半壁壮烈的晚霞

看落日如何把水天辽阔

交班给防波堤头的灯塔

而无论海风有多长，多强劲

不已仍是暮年的壮心

一颗头颅仍不肯服低

都世纪末了，还伸向风里

发已更稀，不堪再造林

但发下的富足犹可开矿

热腾腾满坑难忍的忧愤

压积成千层的铜骨金筋

犹堪鹤嘴锄火花飞迸

一路向下挖，向下开采

贮藏可用到下一世纪

又何惧逆风的额头不敌

晚来的海上浪急云低


——一九九四·三·十六

# 非安眠曲

令整个海峡都不安
今晚这风声何以
充满了预感和回忆
而今晚的睡眠
会夜长而梦多吗
或是更深而无寐
我像是在问自己
又像是对着苍茫
在问将尽的世纪
海上的风有多长
楼上的夜就多长
与其无寐而听风

听隐隐喊魂的风声

穿透童年的裂缝

呼啸过海峡而来

带着历史的骚响

宁可辗转而多梦

尽管恶魇会连连

尽管左肩换右肩

要担负侧身的压力

不然脊椎或肋骨

要承受仰天或伏地

承受意识或潜意识

层层内伤的累积

也不过是一句梦呓

和恍惚几次翻身

就浑然把窗外

暗昧的鱼肚子翻白

——一九九四·四·十二

# 停　电

猝不及防，下面那灿亮的海港

一下子熄尽了灯光

不料黑暗来突袭

被点穴的世界就停顿在那里

现代，是如此不堪一击

我起身去寻找蜡烛

却忘了杜牧那一截

在哪一家小客栈的桌上

早化成一摊银泪了

若是向李商隐去借呢

又怕唐突了他的西窗

打断巴山夜雨的倒叙

还是月光慷慨，清辉脉脉

洒落我面海的一角阳台

疑是李白倾侧了酒杯

这才听见下面那海峡

潮声隐隐如鼾息，带着虫声

夜气嗅得出阵阵水汽

试探的蛙声，寥不成群

提醒我初夏已到寿山

反正是做不成了，我索性

推开多繁重的信债，稿债

闭上光害虐待的眼睛

斜靠在月光里，像个仙人

吐纳爱迪生出世以前

那样闲闲的月色与宁静

一声响忽地逆神经而来

千街的灯光一起反扑

沦陷的海港突告光复

而把月光推出了户外，把杜牧

一个踉跄推回了晚唐

把我推落在嚣张的当代

在电视机滔滔的呼喝里
　继续负担
这不堪超载的岛国
所有的不堪，所有的不快

　　——一九九四·五·四

# 无缘无故

无缘无故地笑一笑

人类已经太苍老

美丽的禽兽快灭种

世界的屋顶破了个洞

晴天怕太阳会有毒

阴天怕酸雨落头上

他们说冷战已结束

为何我仍然很紧张

为何有人打高尔夫

而我们挤成蜗牛族

为何从头条到末版

报纸愈读愈不堪

当一切诺言都是谎

选谁不选谁都一样

一样都荒唐，我只好

无缘无故地笑一笑

# 老树自剖

沛然盘踞的不仅是五体投地

沃土是深根探讨的主题

暗暗把富足的传统

用周身的血脉向上传送

发表到风起云涌

蓝澈澈金朗朗的半空

地下水是胚前的记忆

旋转上升蔚为青翠的灵感

花季是一场又一场妙梦

召来颂梦的歌鸟与鸣蝉

旱灾或雨季，丰岁或凶年

一部寂寞的断代史

秘密的等高线绕着童年
一圈圈，烙着太阳的胎记
只有用锯齿来回咀嚼
才能将惊心的横切面
　开膛剖出


　　　——一九九四·十·十六

# 后　记

　　《五行无阻》是我的第十七本诗集，里面的四十五首诗都是一九九一年到一九九四年之间所作。自从十三年前由香港回台，迁来高雄定居，这已是第三本诗集。

　　一九九二年九月，我应北京社会科学院外文研究所之邀，去北京访问一周。隔了四十三年，那是第一次回到大陆，却不是回乡，因为小时候从未去过北方。所以站在街边的垂柳荫下，怔怔望着满街的自行车潮，不知道应感到熟悉还是陌生。北京人问我感觉怎样，我苦笑说："旧的太旧，新的太新。"旧的，是指故宫；新的，则是指满街的台港饭店和合资大楼。我神往已久的那些胡同却不见了。

不过我还是写了《登长城》《访故宫》《小毛驴》三首，总算未交白卷。北方虽非我的故乡，却为汉魂唐魄所寄，是我祖先的祖先所耕所牧，所歌所咏，广义而言，久已成为整个民族的故土古都，不必斤斤计较，追溯谁何的家谱了。所谓乡愁，原有地理、民族、历史、文化等等层次，不必形而下地系于一村一镇。地理当然不能搬家，民族何曾可以改种，文化同样换不了心，历史同样也整不了容。不，乡愁并不限于地理，它应该是立体的，还包含了时间。一个人的乡愁如果一村一镇就可以解，那恐怕只停留在同乡会的层次。真正的华夏之子潜意识深处耿耿不灭的，仍然是汉魂唐魄，乡愁则弥漫于历史与文化的直经横纬，而与整个民族祸福共承，荣辱同当。地理的乡愁要乘以时间的沧桑，才有深度，也才是宜于入诗的主题。

所以两岸开放交流以来，地理的乡愁固然可解，但文化的乡愁依然存在，且因大陆社会的一再改型而似乎转深。而另一方面，长江水浊，洞庭波浅，苏州的水乡也不再明艳，更令诗人的还乡诗不忍下笔。于是乡愁诗由早期的浪漫怀古转入近期的写实伤今，竟然有点难以着墨了。两岸开放，解构了我的乡愁主题。不过在这本《五行无阻》里，乡愁变奏之作仍有《洛城看剑记》《嘉陵江水》《桐油灯》《火金姑》等首。其中《桐油灯》的一幕长在心头，我的散文集里早已一再出现，如今引入诗中，成了童年的神话，仍然令我低回。

写海岛的诗仍然不少，约占全书四分之一的分量，其中除了《玉山七颂》是为王庆华的雄伟摄影配诗，而《初夏的一日》《海是邻居》《西子湾的黄昏》三首是写高雄港城的静观自得之外，他如《海外看电视》《读唇术》《一片弹壳》《同臭》《白孔雀》《停电》《无缘无故》等所写的台湾经验，不幸却是负面多于正面。不过这样的感受应该有相当的社会意义，并非纯然的个人抒情。

《海外看电视》是在温哥华的电视上看台湾政局，但是回到台湾，却从电视的国际新闻上看到《圣奥黛丽颂》《裁梦刀》的题材。我在《艺术创作与间接经验》一文中曾说，置身当代社会，一位作家如果不甘于写实主义的束缚而有心追求多元的主题，不妨向相关的艺术、学问，与多般的媒体去广泛取材。电视正是最生动的资讯，加上报纸的文字与图片，往往能提供我写诗的题材，如果取舍得当，再掺以适量的同情与想象，就可以创造奇妙的合金了。

亲情一向是我的重要题材，在这本《五行无阻》之中仍得四首，以篇幅而言，分量颇重。《三生石》一组四首发表后，引起不少评论，转载亦多，亡友高阳更在联副刊出四首七绝以和。用旧诗来和新诗，在文体史上不知有无前例？《抱孙》与《私语》，一写实，一魔幻，但用的都是对比手法。这一类题材写的人不多，应可继续开拓。至于吊亡父的《周年祭》，比起我多篇的怀母诗来，确是新题。《诗经·小雅》里的《蓼莪》，是父母一同悼念的。古代诗人似乎绝少独吊亡父。至于西方，此题也绝少见。最值得注意的，是标榜多情的浪漫诗人，用情的对象几乎都不包括父母，尤以雪莱为最。

谐谑的诗则相反，古人写的远多于今人。朱光潜常说，在大家作品里，高度的幽默每与高度的严肃并行。《五行无阻》里，谐谑之作也有五六篇，按朱光潜的期待当然尚有不足。《东飞记》纯然是自谑，不过那经验应该是今人常有的。《闻锡华失足》是听说梁锡华在台湾跌了一跤戏作而成，古代文友之间互相写诗调侃，并不罕见，现代诗却少有。《人鱼》与《撑竿跳》也是现代诗的冷题目。《无缘无故》像歌，倒是可以谱成流行曲。

不过书名却没有向前述的各诗里去挑，而选了一首用五行来参生死的玄想之作。探讨自我生命的终极意义，该是玄想诗最耐人寻味的一大主题。在现代主义与存在主义流行的六〇年代，不少"难懂"的诗，或虚无，或晦涩，往往以此自许，但是真能传后的杰作寥寥无几。当年在那样的风气下，我也曾写过这样的玄想诗句：

你不知道你是谁，你忧郁
你知道你不是谁，你幻灭

当时读来，似乎也有点哲理。王国维曾引宋词三段来印证人生事业的三个境界。我觉得，要印证生命，也不妨用前引的两句，再续以这样的第三句：“你知道你是谁了，你放心。”

中年时代，我一直在“你不知你是谁”与“你知道你不是谁”之间寻寻觅觅，追求归宿，那探险热烈而紧张。叶芝所谓："与自我争论，乃有诗。"正是此意。到了《白玉苦瓜》一诗，才算是“你知道你是谁了”，于是曾经“是瓜而苦”的，终于“成果而甘”。《安石榴》诗集的《后半夜》里，也有这样的自悟之句：

> 此岸和彼岸是一样的浪潮
>
> 前半生无非水上的倒影
>
> 无风的后半夜格外地分明
>
> 他知道自己是谁了，对着
>
> 满穹的星宿，以淡淡的苦笑
>
> 终于原谅了躲在那上面的
>
> 无论是哪一尊神

《五行无阻》一诗也属于这种自励自许的肯定之作，不过语气坚强，信心饱满，一往直前，有如誓师。如果《后半夜》对生命是苦笑的承受，而《白玉苦瓜》对永恒是破涕的敬礼，则《五行无阻》应是对死亡豪笑的宣战。不消说，那心境正是"我知道我是谁了"。不管诗中的自我是小我或是大我，其生命是形而下或形而上，临老而有如此的斗志，总是可以面对缪思的。

其他几首，例如《纸船》《老来》《非安眠曲》《老树自剖》等，也都可归入同类主题。这些诗不仅可做面面观的自传，更有自我定位的意味，颇像柯科希卡与梵高的自画像。值得注意的是：中国古代画家少有自画像，但古代诗人如陶潜、杜甫、苏轼等等却写了不少自述诗，屈原更是把自传升华为神话。王尔德借剧中人高凌子爵的口指出：自恋是一个人终身的罗曼史。一句话，真抵得上弗洛伊德一本书。

自述诗当然不尽是自恋，也可以写成自励、自伤、自暴或自嘲。但是不管如何掩饰，其为自恋之变奏则一。少作不计，仅仅回顾《在冷战的年代》以来，这样的述志诗除了《火浴》《盲丐》《守夜人》《独白》《与永恒拔河》《五十岁以后》等首论析较多之外，至少还有十二三篇*。

一位诗人到了七十岁还在出版新作诗集，无论生花与否，都证明他尚未放笔。其意义，正如战士拒绝缴械。艾略特享年七十七岁，但是五十五岁以后便不再写诗。今年重九是我七十足岁的生日，《五行无阻》选在这清秋佳节出书，可谓自力更生，该是一位诗人，不，诗翁，最好的自寿方式了。更进一步，重九这一天我还要在九个报刊上发表今年刚写的九篇新作，以证明老而能狂，虽然挥霍了一点，放的却是自备的烟火。

不必登高，也能赋诗。我要告诉仙人费长房说："诗，是我的辟邪茱萸，消炎菊酒。"

余光中

一九九八年八月于西子湾

* 包括《自塑》《预言》《旗》《菊颂》《魔镜》《石胎》《不忍开灯的缘故》《对灯》《鹰》《中国结》《高处》《耳顺之年》。

**图书在版编目（CIP）数据**

五行无阻 / 余光中著. — 上海：上海三联书店，2019.3
ISBN 978-7-5426-6556-0

Ⅰ.①五… Ⅱ.①余… Ⅲ.①诗集—中国—当代 Ⅳ.①I227

中国版本图书馆CIP数据核字(2018)第257527号

# 五行无阻

著　者 / 余光中

责任编辑 / 朱静蔚
特约编辑 / 李志卿　丁敏翔
装帧设计 / 微言视觉工坊 ｜ 阿　龙　苗庆东
监　制 / 姚　军
责任校对 / 李美玲

出版发行 / 上海三联书店
　　　　　（200030）上海市徐汇区漕溪北路331号中金国际广场A座6楼
邮购电话 / 021-22895540
印　刷 / 山东临沂新华印刷物流集团有限责任公司

版　次 / 2019年3月第1版
印　次 / 2019年3月第1次印刷
开　本 / 787×1092　1/32
字　数 / 59千字
印　张 / 4
书　号 / ISBN 978-7-5426-6556-0 / Ⅰ·1477
定　价 / 36.00元

敬启读者，如发现本书有印装质量问题，请与印刷厂联系0539-2925680。